こんばんは、父さん

永井愛

JIRITSU SHOBO
而立書房

■登場人物

佐藤　鉄馬《てつま》　四十代の男

山田　星児《せいじ》　二十代の男

佐藤富士夫《ふじお》　七十代の男

1

廃屋となって久しい一軒家、その一階。

がらんとした室内には、朽ちかけたパイプやコードがぶらさがり、工具棚や作業台らしきものが残っている。床に転がる廃材やがらくた――ここはかつて町工場だった。

天窓からも、壁のトタンの破れ目からも、秋の夕陽が差し込んでいる。

正面奥には、表通りに面したドアとシャッター。

下手には、二階への階段。二階は床が半分ほど壊され、ロフトのような形で見えている。階段下の下手奥には給湯室とトイレがある。

下手手前は、隣家との境の路地に面したドアと窓。窓ガラスはひどく割れている。

今、その割れガラスの隙間から、用心深く手が差し込まれる。手は窓の内鍵を探りあてて外すと、また用心深く引っ込んだ。

がたつきながら窓があき、佐藤富士夫が現れる。苦労して窓の桟を乗り越え、室内に入り込む。

富士夫、改めて室内を見渡す。手近な物に触ってみたり、触ろうとして、やめてみたり——この空間、ここにある物に何やら特別な思いがあるらしい。

やがて、二階に目を向ける。だが、階段上部はがらくたで埋められ、とても上がれそうにない。

富士夫、がらくたをどかそうとする。そのとたん、がらくたに絡んでいたロープが外れ、だらりと垂れ下がる。

それは、天井の梁に結ばれたロープで、絡んでいたのは、その下端。今は輪の形を露わにして揺れている。

富士夫、その輪をじっと見る。その真下に椅子がある。

富士夫、階段を降り、その椅子も見る。輪と椅子を交互に見るうち、ついに椅子の上に乗る。

輪はちょうど首のあたりにくる。富士夫、輪の中に首を入れてみる。そのとたん、

星児　あのう……

と、声をかけたのは山田星児。いつの間にか、割れ窓の外にいる。

星児　今、大丈夫ですか？
富士夫　……は？
星児　ちょっと、止まってもらってもいいですか？
富士夫　止まる……？
星児　あ、動かないで。（と、ケータイで写真を撮る。さらに、窓から入ってきて）え〜、もっと自然に、ってのもヘンか……（と、また撮る）
富士夫　え、これはいったい……
星児　はい、いいです。（と、手を差し出し）はい、降りて……はい、ここへ……

と、富士夫が降りるのを助け、改めて椅子に座らせる。

富士夫　あの、あなたは……

星児　いや、怒りませんよ、あえて、怒りませんけども、やっぱ怒ってるわけですよ！　あと一分遅かったら、第一発見者じゃないですか！　ふざけんなって感じですよ！　（と、また写真を撮り始める）
富士夫　何か誤解があるようですが、このロープは私が吊ったんじゃないですよ。元々、こうなっていたんです。それで、私も変だと思って、今上がって見ていただけで……
星児　きったねぇ。ここって廃墟？
富士夫　ちょっと、やたらに写真は……
星児　記録です。外部には出しません。
富士夫　とにかく、もうお引き取りいただけませんか？　こう見えても、私は生きる意欲満々です。ご心配にはおよびませんので。
星児　じゃ、何でこんなとこ来たの？　こんな、終わっちゃってますって感じのとこに？
富士夫　あなたこそ、何で突然こんなところに……
星児　それは、つけてきたからでしょう。
富士夫　つけてきた？　どこから？
星児　アパートからに決まってんでしょ。
富士夫　……なぜ？

星児　なぜ？

富士夫　ええ、なぜ？

星児　今日って、支払日じゃないですか。その自覚、ありますよね？　自覚あるから、居留守使ったわけですよね？

富士夫　居留守……？

星児　電話しても出ないし、ピンポンしても出ないし。そしたら、隣の部屋のおばあさんが、かわいそうねぇって、中で待たせてくれたんですよ。でも、お喋りが凄くって、もう帰っちゃおっかなって参ってたら、お宅のドアがギギーッとあいて、こっそりと出ていく姿が……

富士夫　すいません、お話の意味がよく……

星児　はぁ……死に損なったら、呆けたフリか？

富士夫　死に損なったりしていない！

星児　あそう。じゃもう、心置きなく、最終兵器にいっちゃうよ。いいんだね？　いいんだね？

富士夫　最終兵器？

星児　あんたの息子の電話番号、隣のばあさんに聞いたよ。オレにもしものことがあったら、すぐにかけろって頼んでたろ。もうここに入ってってから、（と、ケータイを見せ）かけちゃうよ、マジで。オヤジの借金、きっちり返してもらおうかって。

富士夫　……

星児　そっか、いいのか……じゃ、残念だけど。

と、割れ窓の方へ。窓から出て行こうとする。

富士夫　思い出した！　今やっと回路がつながった。いやぁ、おじいさんて、計り知れないことになってんだね。

星児　頼むよ、ちょっとは誠意見せてよ。あんたこの三ヵ月、一円も返してないじゃない。利子だけでも何とかしてよ。

富士夫　それができるぐらいなら、死のうとしたりしないよ。

星児　はぁ、急に認めんだ。

富士夫　ウン、さっきは恥ずかしくって……

星児　そう言われると、怪しくなるなぁ……

富士夫　でね、田中クン……

星児　山田だよ。
富士夫　あ、山田ちゃん。今の最終兵器の話ね……
星児　いくしかないよ。今回も払えないんなら。
富士夫　だろうけど、山田ちゃんが電話したって、ウチの息子、相手にしないと思うんだ。あいつ、いわゆるエリートでさ、バックに人もついてるわけよ。そこに闇金が電話したって、あ、ごめんね、でも闇金ってやっぱり、ブラックなイメージ、強いじゃない。それに、オレだって、ちょびっとは信頼されてるわけだ。それが闇金に金借りてるなんて、信じないよ、あいつ。じゃあオヤジを出せ、直接聞こうってことになるよ、きっと。
星児　まぁ、なるかもしんないけど……
富士夫　なるなる、そういうヤツなんだよ。だったら、オヤジがかけちゃった方が……
星児　金出せって言えんの？
富士夫　言うよぉ、この際。
星児　とか言って、ごまかす気じゃねえの？
富士夫　それはないって、田中ちゃん。
星児　山田だよ！　はい。（と、ケータイを出す）
富士夫　え？

星児　かけて、息子に。

富士夫　今？

星児　サトウテツマ、だったっけ？（と、番号を探し）テツマって凄ぇな、鉄の馬って書くんだね。これ、あんたの好みとか？

富士夫　今かけるのはどうかなぁ。鉄馬とは、ちょっと微妙な関係なんだ。いろいろと事情があって、十年も連絡とってないからね。だから、落ち着いてかけたいんだ。言うこともちゃんと整理して……

星児　やべ、かかっちゃった……（と、ケータイを耳に当て）あ、鳴ってる……

富士夫　切ればいいだろ、切れよ、切れコラ！

星児　かけてねえよ、試したんだよ。あんたやっぱりかける気ねえな。

富士夫　今夜かける。今夜必ず。

星児　ま、こっちはこっちでかけますから。

富士夫　頼む。それはまずいんだ。オレだって、もうこんな生活やめたいよ。鉄馬と一緒に暮らしたい。のんびり孫のお守りなんかしてさ。そのためには、いい形で再会しないと。マイナス情報が先に出ちゃうと、取れるモンも取れなくなるし……

星児　あのさ、ちょっとデカいこと言わしてもらうけど……あんたみたいな人がニッポンを駄目にしたんじゃねえの。あんたって、徹底的に逃げるよね。絶対責任取んないよね。すぐ問題ズラすよね。そいで、人から金取ることばっか考えてるよね。あんたは闇金よか、ずっと仁義に反してる。さっき、助けんじゃなかったよ。

と、窓の方へ。また出て行こうとする。富士夫、少し見送ってから、

富士夫　おい……ここが何だか知りたくないか？

星児　別に……

富士夫　ここは昔、「日の出興業」といってな、オレが始めた工場だった。三十歳になろうって頃に、ここを借りて独立したんだ。この台は、そのときオレが作ったんだ。こっちには、旋盤って機械があって、一日中鉄を削った。そのあと、ここ（台）で、メモをとった。この素材は、どういう削り方をしたらよかったか。送りの速度や回転数は、どれぐらいだとうまくいったか。朝から晩まで音がしていた。機械の音と、人間の声と……

星児　だから？

富士夫　オレは闇金なんぞと違って、物づくりの原点にいたってことだ。シューマイを包む機械から宇宙ロケットに至るまで、世の中のありとあらゆる部品をつくった。デカい言い

方させてもらえば、ニッポンの下支えをしてきたわけだ。

星児　……それをオレに信じろって？　今のあんたが言うことを？

富士夫　（反論しようとするが、それも空しくなり）もう行け。鉄馬に電話して、オレの人生を台無しにしろ。

星児　……よくそこまで気取れるよなぁ。せめて最後にありがとうぐらいないの。利子さえ払わないあんたを、オレがどんだけかばってきた？　支払日になるたんびに、オレが店長に頭下げて、ここまで待ってもらったんじゃないか。さっき写真撮ったんだって、あれを見せれば店長も、この客やべぇ、回収できねぇってあきらめてくれると思ったんだ。オレだってもう、あんたに会いたかないんだよ！

富士夫　おお、いいね！　じゃ、ぜひそのセンで……

星児　だけど、もう手ぶらじゃ帰れない。悪いけど、息子には催促するよ。オレ、このまんまじゃ、研修センターに送られちゃう。

富士夫　研修センター？

星児　回収率が低いと、そこに送られちゃうんだよ。そこってもう地獄でさ、インカムに向かって取り立て実習やらされんだ。何時間も大声で、払え、払え、返せ、返せって……

富士夫　そんな職場は辞めなさい！

星児　よく言うよ。あんたのせいでこうなったのに……

富士夫　だから、今晩かけるから……

星児　今かけよう。もう選択の余地はない。（と、ケータイを操作）

富士夫　おい……

星児　喋ってよ。よけいなこと言われたくなかったら。

富士夫　待て、待て！

星児　用意、スタート！（と、弾みをつけて通話ボタンを押す）

富士夫　あ〜っ……

星児　さぁお父さん、出よう、喋ろう……（と、ケータイを渡そうとする）

　　後退りする富士夫。追う星児。
　　同時に、どこかから電話の呼び出し音が響いてくる。

富士夫　おい、何か鳴ってるよ。

星児　（ケータイを耳から外し）あれ……どこだ？

二人、音の出所を見つけようとするが、

富士夫　……止まったね。

星児　（ケータイを耳にあて直し）こっちも留守電に切り替わった。

二人、微妙な視線を交わす。

富士夫　とりあえず、それ切って。

星児　え、何にも言わないで？

富士夫　その番号、古いんだ。もう変わってるかも。

星児　何だよぉ……（と、電話を切る）

富士夫　会社にかけるよ、こうなったら。

星児　どこよ、会社？

富士夫　一流メーカー。

星児　だから、どこの？

富士夫　それは言えない。

星児　またこれだ……！

星児のケータイが振動する。

星児　（確認して）キターっ、佐藤鉄馬……！
富士夫　かかってきたの？
星児　出てよ。（と、ケータイを押しつける）
富士夫　出なさい。（と、押し返す）
星児　出ろって。（と、押し返す）
富士夫　出るんだ。（と、押し返す）
星児　もうっ……（と、出て）もしもし……はい、今かけました。すいません……
富士夫　本人？
星児　あの、ちなみに、あなた様のお名前は？
富士夫　何だって？
星児　（電話の相手が怒ったらしく）……ですよね、まず私が名乗るべきですよね。私は山田と申します……どこの山田？　あ、会社名ですか？

富士夫　言うな……

星児　すいません、それはちょっと……いえ、いたずら電話じゃなくてですね……

鉄馬の声　（二階から）バカヤロー、用がないなら電話すんな！　すっかり目が覚めちゃったじゃないか！

二階を歩き回る鉄馬の姿が見え隠れする。

鉄馬　やっと寝たとこだったのに！　いいか、オレは不眠症なんだ。毎回寝るのに苦労する。それをテメ〜の気まぐれで……どうしてくれる、どこの山田だ、山田ぁ、出てきて責任取れ！　オレを夢の中に戻せ！　いい夢を見てたんだ。オレをもう一度、あのいい夢の中に……

鉄馬、富士夫が見上げているのに気づく。星児もやはり、見上げている。

富士夫　……鉄馬か？

鉄馬　……父さん？

間。

富士夫　降りて来なさい。
鉄馬　はい……

と、いったん姿を消す。

星児　えっ、えっ、鉄馬なの？
富士夫　呼び捨てにするな……
星児　何でいたの、こんなとこに？
富士夫　知るか。
星児　これ、素直に驚いていいの？
富士夫　ああ、それしかないだろう。
星児　やっべ……やっべ……
富士夫　うるさい！

鉄馬の姿が二階に見える。縄梯子を降ろしている。

星児　レスキューだよ、うわぁ……

富士夫　手伝ってやれ。

星児、降りてくる鉄馬の方へ。下から縄梯子を支える。

鉄馬　ジャマだ、どけ。

星児　はい……

と、どくが、すぐに気を利かし、鉄馬が富士夫の傍に座れるよう、場所を整える。それから、自分のいるべき場所に迷い、二人から少し離れたところに陣取る。

鉄馬、富士夫の方へくる。

鉄馬　お久しぶりです。

富士夫　ああ……

鉄馬、振り返って、星児を見る。星児、少し二人から離れる。
鉄馬、まだ気に入らぬ様子で見る。星児、ずっと奥の方まで下がる。鉄馬、やっと富士夫の傍に座る。

富士夫　（にこやかに）驚かせて悪かったね。いや、私も驚いた……
鉄馬　どうも……
富士夫　痩せたかな、少し？
鉄馬　父さんも……
富士夫　何だ？
鉄馬　いえ、お変わりなくて……
富士夫　お変わりあるだろ、この通りだよ。

二人、曖昧に笑う。

富士夫　でだ……どうしてここにいたのかな？
鉄馬　……たまたま通りかかって、というか……
富士夫　ほう、たまたま今日？
鉄馬　いえ……
富士夫　じゃ、いつからここに？
鉄馬　え〜……一週間、ぐらい。
富士夫　一週間！　じゃ、家には？
鉄馬　う〜ん……
富士夫　帰ってないの？
鉄馬　……ですね。
富士夫　ということは……家族は？　家族は？
鉄馬　……それは、そのうち……
富士夫　そのうち？
鉄馬　そのうち……
富士夫　つまり、今は話せないと？
鉄馬　まぁ……

富士夫　会社は？　会社は？

鉄馬　父さんこそ、なぜここへ？

富士夫　それより、会社は？

鉄馬　それより、あの人（星児）は？

富士夫　それより会社だ！　行ってないのか？

鉄馬　それは、そのうち……

富士夫　そのうちとはいつだ！　いつになったら話すんだ！

鉄馬　父さん、（と、唇に人差し指を当てて）……ここはもう我が家じゃないんですよ。大きな声は出さないでください。今は立ち入り禁止ですから。

星児のケータイに電話が入る。

星児　はい？　……今ですか？　例の渉外回収で交渉中ですけど……嘘！　……マジ？　……嘘！　……マジ？

星児、二人の視線に気づき、給湯室に入り込む。

富士夫　鉄馬、ひとつだけ答えてくれ。（と、ロープを指さし）これを吊ったのはお前か？

鉄馬　……

富士夫　違うよな？　これは、元からこうなってたんだろ？

鉄馬　いえ、残念ながら、僕が……

富士夫　何てことを！　じゃ、つまり、ここで……

鉄馬　ターザンごっこしようと思って。

富士夫　……

鉄馬　いけません？

富士夫　……お前はもう、鉄馬じゃない……

富士夫、路地脇のドアの方へ。内鍵をあけ、外に消える。

給湯室から、星児の声が聞こえてくる。

星児の声　……いや、だから、だから、だから店長、ちょっと、ちょっと、ちょっと落ち着いて……

鉄馬、ドアへ。富士夫を遮断するように、また内鍵をかける。
給湯室から、星児が出てくる。

星児　あれ？　お父さんは？
鉄馬　今出てった。
星児　今……（と、窓に走り寄る）
鉄馬　追いかければ、まだ間に合うよ。
星児　どうしようかなぁ……（と、少し迷うが）あ、ご挨拶が遅れまして。私、山田と申します。
（と、名刺を差し出す）
鉄馬　（受け取り）ラストフレンド……
星児　金融会社です。お父様には、よくご利用いただきまして。
鉄馬　はぁ〜、借りてんだ。
星児　はい……
鉄馬　で、返さないと？
星児　はい……

鉄馬　だろうねぇ。
星児　それで、お父様ともご相談の上、さきほどお電話を……
鉄馬　あの山田か……！
星児　すいません、起こしちゃって。でも、まさかここにいらっしゃるとは……
鉄馬　ちょっと待て。そもそも何でここに来たわけ？
星児　え〜、私は仕事柄、お父様を追って……なんですけど、お父様の方は……（と、言い淀み）お身内なんで、お見せしちゃいますね。（と、ケータイを操作。さっきの富士夫の写真を出し）ズバリ、こういうことのためかなと……（と、差し出す）
鉄馬　（受け取って見る）……
星児　今日が支払日なんですが、ご返済が無理っぽいってことで、責任取る？　って感じですかね？
鉄馬　（一瞬ロープを見上げ、またケータイ画面を見る）……
星児　あわやというところで、私が駆けつけ、お助けしたみたいな……
鉄馬　（ケータイを返し）どこがあわやだ。ポーズとってんじゃない。
星児　これは、なぜかお父様が……
鉄馬　普通、あわやで写真撮るか？

星児　決定的な瞬間は撮れと、本部から指示が……
鉄馬　馬鹿なの？　それとも、ふざけてる？
星児　そんな、ふざけてなんか……
鉄馬　じゃ、迷いなくそのオツムに同情しよう。かわいそうに！　こんなヤラセで、オレを騙せると思ったのか？「父さん死ぬな」って泣きながら、金を払うとでも思ったのか！
星児　全部とは言いませんよ。せめて利子の一部でも……
鉄馬　だから気の毒なんだよ、お前は！　このオレに金があると思うってとこが。
星児　でも、ケータイ止まってないし……
鉄馬　帰れ、この資本主義の申し子め！
星児　一人っ子ですよね？　肉親の情とかないんですか？

鉄馬、転がっていた鉄パイプを拾い上げ、構える。

鉄馬　ほかに言うことは？　聞くぞ、この際。
星児　じゃあ、あの、ありがとうございました。

星児、ちょっと迷い、通りに面したドアの方へ。

鉄馬　そっちは表通りだろ。状況を考えろ。

星児、方向転換し、路地脇のドアの方へ。

鉄馬　オヤジが言ったの、オレに払わせろって？

星児　……結果的に同意した、って感じ？

鉄馬　オレに聞くな。

星児、また路地脇のドアの方へ。

鉄馬　オヤジ、どこに住んでんの？　あ、言うな、言わなくていい。何してんのか、それだけ聞こう。あ、言うな、言わなくていい。

星児　(何か言いたげに鉄馬を見て)……

鉄馬　だから、何も言わなくていいってことだ。

星児　あのう……お父様は本当にここで工場を？

鉄馬　その昔ね。

星児　へぇ……想定外だったなぁ。じゃ、今ここは誰が？

鉄馬　空き家だよ。

星児　でも、持ち主いるでしょ？

鉄馬　知らねえよ。どっかの地主が持ってんだろ。

星児　それで、ここに一週間も？

鉄馬　……

星児、何となくロープを見上げる。

鉄馬　何だよ？

星児　いえ、じゃ……

星児、路地脇のドアの鍵をあけ、外へ。が、そのとたん、

星児　あ、この荷物……これ、オヤジさんのですよ。
鉄馬　オヤジの？
星児　ほら、そこに置きっぱなし。
鉄馬　けっこうな量じゃないか。
星児　忘れてったのかなぁ。
鉄馬　とりあえず、中に入れろ。
星児　え？（と、いきなりの手下扱いに不満げ）
鉄馬　人目につくだろ。早くしろ。

星児、割り切れぬ表情で外へ。富士夫のキャリーカートを引きずってくる。リュックや手提げやポリ袋がぶらさがっている。

星児　黙ってこれを置いてくなんて、どういう状況で出てったんですか？

ドアの鍵を閉め直した鉄馬、富士夫の荷物を前に呆然としている。

鉄馬　……これ、ホントにオヤジの？
星児　ずっとガラガラ引きずってましたよ。どこに行くのかと思ってたら、ここに来て。
鉄馬　こんな汚い、ゴミみたいな、これがオヤジの……

鉄馬、荷物を見つめたまま、固まる。

星児　大丈夫ですか？
鉄馬　母さん……！

鉄馬、カートに近づき、黒ずみ、ボロボロになった布製の手提げ袋を手にとる。

鉄馬　これ、母さんが縫ったんだ。母さんがオヤジのために……こんなのだけは持ってんだな。
星児　あの、お母様は今？
鉄馬　とっくに死んだよ。

鉄馬、怖々手提げの中を覗く。ちょっとためらってから、中に入っていた物を取り出す。額に入った大きな写真。
鉄馬、見入る。星児も横からそっと覗く。

星児　……これ、まさか？（と、写真の中の人物を指さす）

鉄馬　オヤジだよ。

星児　カッコいいじゃないすかぁ……！

鉄馬　昼休みになるだろ、そうすると、このあたりの女たちが、オヤジを見にやってくるんだ。あのシャッターがあきっぱなしになってててな、そこから、チラチラ覗いてさ。オヤジもそれを意識して、ずっと旋盤回してんだよ。ハンドル捌きを見せつけて。だから、なかなかメシが食えねえの。寄ってきたのは女だけじゃないぞ。この付近の工員たちも、よくオヤジんとこに来た。いろんな相談抱えてな。オヤジは面倒見もよかったんだよ。

星児　へぇ……

鉄馬　ほら、表彰状持ってんだろ。オヤジは区から表彰されたんだ、模範的な製造業者ですってな。この写真は、そのときの記念だよ。ここだ。ここに、みんな並んでさ……（と、室内のその位置に立ってみる）

星児　（写真と見比べて）ああ、ここだ……

鉄馬　この人たち、ウチの工員。せまいとこにけっこういたなぁ。

星児　子どももいますね。あ、この子……（と、鉄馬を見る）

鉄馬、写真を奪おうとする。星児、渡さず、

星児　可愛いじゃないですか、お父さんにぴったりくっついて。大好きって感じじゃないですか。

鉄馬　もういいから……（と、手を出す）

星児　（渡さず）お母さん、どこですか？（と、写真を見渡す）

鉄馬　母さんはいないよ。納品に行ってた。母さんが帰ってから写真にしようって言ったのに、父さんが、せっかちで……

星児　へぇ、残念だなぁ……

鉄馬、星児から額を奪い、手提げに戻そうとして、

鉄馬　……こういうモンって、普通持ち歩く？

星児　いや、普通は……

鉄馬　ってぇことは……（と、改めてカートを眺め）これ、夜逃げじゃないの？

星児　夜逃げ？（と、外を見る。まだ夕焼け）

鉄馬　夜じゃなくったって、夜逃げする。それがオヤジの特技なんだ。普通のお出かけのフリしてな。

星児　そう言や、家賃もためてるし……

鉄馬　（リュックを触って）このゴツゴツ感、びっちり感は……

星児　夜逃げっぽい？　ってどこへ？

鉄馬　そりゃあ、やはり……

星児　そうか、ここに……

鉄馬　まずいだろ、それは。わかるな、お前にも？

星児　はい……

鉄馬　突き返してこい、このがらくた一式。

星児　えっ、何でオレが？

割れ窓から、富士夫が顔を出す。

富士夫　ただいま！　……なんちゃって。不思議だね。ここでまた、ただいまって言えるとは。

鉄馬　荷物ですか？

富士夫　うん、それもあるけど……

鉄馬　（星児に）あけてやれ。

星児、路地に面したドアの鍵をあけ、

星児　どうぞ。（と、ドアを開く）

富士夫　（入りながら）このドアから、よく一緒に風呂屋に行ったな。ラーメン屋もここから出た方が近かった。

鉄馬　ラーメン屋は、あっちの方が近かったですよ。（と、表通りのドアを指す）

富士夫　そんなはずないぞ、ラーメン屋は……

鉄馬　ラーメン屋に行くと言いながら、文房具屋に行くつもりなら、こっから出た方が近いでしょうけど。（星児に）文房具屋に色っぽいおかみさんがいてね、父さんはよくそこで一服してたんだ。

星児　へえ……
富士夫　（星児と同時に）へえ……あ、オレのことか。（と、笑う）
鉄馬　（星児に）じゃ、君。父さんを駅までお送りして。
星児　えっ……
富士夫　そういきなり追い出すなよ。ひとつ、お茶でも淹れようか。（と、リュックの方へ）え〜、
電気ポットはどこだっけ……
鉄馬　電気ポットは使えません。電気、止められてますからね。
富士夫　あ、そうか。
鉄馬　ガスも水道も出ませんよ。もちろん、トイレも使えません。父さんが、ここで暮らすのは無理ですよ。
富士夫　いや、今さら暮らそうなんて……
鉄馬　お引っ越しじゃないんですか？　電気ポットまで積み込んで。
富士夫　それより、この辺歩いてみたかい？　想像はしてたけど、町工場が消えちゃったなぁ。アパートやマンションばっかり増えて、もうまるで知らない町だ。なんて思ってたら、若菜食堂の前に出た。びっくりしたよ。あすこだけは、店も看板もあの頃のまんまで、今も営業中なんだ。あとで行ってみないかい。エビフライ定食、好きだったろ？

鉄馬　もうエビは食べません。

富士夫　え、大好物だったのに？

鉄馬　もう一生エビなんか……

富士夫　へえ、食あたりでもしたのかい？

鉄馬　それより、こちらさんにご馳走したらどうですか？　借金踏み倒しのお詫びとして。

富士夫　（星児に）言っちゃったんだ……

星児　だって……

鉄馬　（富士夫に）すいませんねぇ、僕も肩代わりできないんですよ。お二人で解決してくださいね。

星児のケータイが振動する。

星児　（出て）はい……はい……

と、路地側のドアから出ていく。

富士夫　今晩ここに泊まっていいかい？

鉄馬　どうぞご自由に。僕が許可するのもヘンですが。

富士夫　いや、嬉しいね。久しぶりに飲み明かすか。

鉄馬　残念ですが、僕は支度が。（と、縄梯子の方へ）

富士夫　支度？

鉄馬　移動のための荷造りです。父さんが来た以上、ここにいるわけにいきませんから。

富士夫　そんなことがあるかい。久しぶりに会ったんじゃないか。

鉄馬　お前はもう、鉄馬じゃない。さっき、そう言いましたよね？

富士夫　あれは……悪かった。どうしていいか、わからなかった。

鉄馬　反省することないでしょう。父さんらしい、いい台詞じゃないですか。お前はもう鉄馬じゃない……どうせなら、もっと早くにそう言ってほしかった。そしたら、鉄馬にならずに済んだ。別の人間になれていたかもしれないよ！

と、縄梯子を登り始める。その梯子に下からしがみつく富士夫。

富士夫　鉄馬、何があったんだ。父さんに話してくれ。十年前に会ったとき、お前課長になってたじゃないか。あのスピード出世なら、もう今頃は部長かと……

鉄馬 放せ、放せよ！

富士夫、縄梯子から手を放し、すぐ階段の方へ。がらくたをよけながら上がっていく。

富士夫 怒らないよ、相談に乗る、何とかしよう、まだ間に合う！

鉄馬 来るなよぉ……

富士夫 鉄馬、ちょっと考えてごらん、ここで会うなんて不思議じゃないか。長いこと別々に生きていたのに、二人がそろってここに来たくなるなんて。きっと工場が呼んだんだ。オレたちをもう一度会わせるために。まだ残ってるから、来てください。壊されないうちに、来てください。ほら……いろんな声が聞こえてくる。

富士夫の耳に、鉄を加工する機械の音が甦る。工場で働く人々の姿も見えてきたようだ。

富士夫 さあみんな、どんな無理にも応えてみせよう。オレたちを買い叩く連中に、技術の極みを投げ返そう。あいつらが世界で勝負できるのは、オレたちの力があってこそだと、思い知らせてやろうじゃないか。さあ、今日中にやっつけちまおう！

2

二十分後――

富士夫は作業台にもたれて眠っている。

少し離れたところに、星児。ケータイのメールを読んでいる。

ぼんやりと目を覚ました富士夫、急にあわてて、

富士夫　おい、車を出してくれ！

星児　車？

富士夫　納品だよ。急がないと！

星児　何寝ぼけてんだよ。納品なんてあるわけないっしょ。

富士夫　納品がない……？（だんだん覚醒して）そうか、ないのか。急がなくていいんだ……（と、ボンヤリしかけるが）鉄馬！　鉄馬は？

星児　水汲みに行った。
富士夫　水汲み？　どこに？
星児　公園かな……
富士夫　へえ……

星児、まだメールを読んでいる。

富士夫　まだいたんだね。
星児　だって、このまんまじゃ……
富士夫　いくら待っても、出ないもんは出ないよ。
星児　頼まれちゃったし。オヤジをちょっと見ててくれって。
富士夫　鉄馬に？
星児　（頷いて）……
富士夫　そうか、鉄馬がそんなこと言ったか……（味わうように）オヤジをちょっと見ててくれ……（微笑みがひろがる）今日、こんな言葉が聞けるとはね。オヤジをちょっと見ててくれ、か……

星児　……（熱心にメールを読んでいる）

富士夫　水も、オレに飲ませようってんじゃないか、え？

星児　かもね……

富士夫　そうだよ、鉄馬はそういう子だった。いつもオレを心配して、いつもそばにいたがって……あすこだ、よくその階段の……

と、階段の方へ。階段を上がる。

富士夫　このあたりかな？（と、階段に座ってみる）こうやって腰かけて、手摺りにほっぺたくっつけて、オレが仕事するのを見てた。（と、作業台の方を見てみる）もっとちっちゃいから、こんなか？（と、小さくなってみる）宿題もここに持ち込んでたな。プラモデルもここで組んでた。時々オレの方を見ながらね。オヤジが働いてるすぐそばで、自分も何かやってるってのが大好きだったんだ、あいつは。

富士夫、さらに階段を上がる。

富士夫　この上に住んでたんだよ、親子三人で。元はもっと広くって、台所もあったんだけど、誰かが壊しちまったんだな。

星児、立ち上がり、階段の方へ。

星児　あのさぁ……今、店長からメールがあってね、鉄馬さんについての、すっげぇ情報が入ったんだ。

富士夫　鉄馬の？　どんな？

星児　それが、ただじゃ言えないんだよ。店長とも相談したんだけど、利子の半分ってことでどう？　そしたら、これまでの貸付については、回収不能ってことで、焦げつき処理にしてもらう。本部にそうかけ合うから。

富士夫　それ、さっき解決したんじゃなかったっけ？

星児　解決なんてしてないよ！　息子が払ってくんないんだもん。もう本部のメンツの問題になってんだ。客の逃げ切りって、本部は一番嫌うんだよ。悪い勉強させたってさ。だから、払えないけど、払う気はあったたって、気持ちは示してくんないと。

富士夫　しかし、妙じゃないか。鉄馬の情報が何でそっちに入るんだい？

星児　う〜ん、それを言っちゃうと……

富士夫　言わなきゃ、判断できないよ。

星児　じゃね、ちょこっとだけ……ウチの本部に情報管理部ってのがあって、系列間で顧客の情報交換してんだよ。で、試しに鉄馬さんの名前で検索してもらったら……

富士夫　あったのか！

星児　それも、ブラックリストにね。ウチら系列では、もう一円も貸し出せないことになってた。

富士夫　じゃ、鉄馬は……

星児　この先は有料になります。

富士夫　それ、本当に鉄馬だろうか？

星児　写真がついてて……（と、チラリとメールを見て）残念ながら、あの顔だよ。

富士夫　（階段にしゃがみ込み）……

星児　その先、聞きたくない？

富士夫　いい、本人に聞く。

星児　本人は言わないと思うよ。特にオヤジさんにはね。

富士夫　だけど、利子の半分なんてとても……

星児　何にもなくて家出するかい？　金目のモンぐらい、あるんだろ？
富士夫　金目のモンねぇ……
星児　じゃ、もう一つだけヒントを……（と、少し改まり）エビ。
富士夫　エビ？
星児　これ以上は言えません。
富士夫　エビ？　……鉄馬とエビ……エビフライ定食……
星児　ああ、微妙に関係あるかも。もう食わないって言ったあたりが。
富士夫　もう食わない……食あたり？
星児　早くしないと、戻ってきちゃうよ。戻ってきたら、情報も聞けないし、借金も消せないし……
富士夫　やったな、小僧。降参だ。

富士夫、階段を下り、カートの方へ。ズタ袋を手に取り、

富士夫　中に純金の指輪がある。持ってけ。（と、星児に投げる）
星児　（受け取り）うお〜っ！

富士夫　利子の半分より高いけど、これまで迷惑かけたしな。
星児　じゃ、遠慮なく。（と、探し始める）
富士夫　さあ、話してくれ。
星児　まだ、指輪が……
富士夫　預けとくからゆっくり探せよ。それより早く情報ってのを。
星児　（探しながら）だからね、鉄馬さんは、投資詐欺にひっかかっちゃったんだって。
富士夫　投資詐欺？
星児　フィリピンで大々的にエビの養殖やってるから、投資しないかって話。一年で倍になるって誘われて。
富士夫　そのエビか……
星児　最初はちびちびポケットマネーでやってたんだって。そしたら、ちゃんと配当が振り込まれて、一年でホントに倍になって……
富士夫　ああ……！
星児　そこから突っ走っちゃったんだなぁ。配当がストップして詐欺師が逃げちゃうまでに、つぎ込んだ金が二千万以上。そのほとんどが、サラ金からの借金だって。
富士夫　え、いきなりサラ金かい？

星児　そうだってよ。マンションのローンが終わってなくて、銀行から借りらんなくて。で、今度はサラ金に返すために、闇金に借金して……

富士夫　愚か者めが……

星児　だから、最終的にはもっといっちゃってたんだろうね。マンション売っても払えなくて、会社にも催促が来て、それで居づらくなったんじゃないの？

富士夫　辞めたのか！

星児　自主退職だから、退職金も減ったよね。でも、致命的だったのは、退職金持ったまんま、逃げちゃったってとこだろうな。ヨメさんが、子連れで実家に戻ってたんで、女装して会いに行ったんだよ。

富士夫　女装だと？

星児　かなりだよ。見る？

富士夫　写真があるのか？

星児　そのまんまとっつかまったんだ、ウチの支部の連中に。ヨメさんの実家で張ってたわけよ。で、写真撮られて、金もとられて、ボコボコにされて……見る？

富士夫　いい……

星児　それでもまだ金が足んない。逃げてる間に、利子が嵩んじゃったからね。とうとう、ヨメさんの兄貴が土地売って、肩代わりしてくれたんだけど……結果、離婚。

富士夫　いつの話だ？

星児　三年前だね。

富士夫　じゃ、今は？

星児　ああいう感じでしょ。

富士夫　どうやって食ってる？

星児　それこそ本人に聞いてみたら？

富士夫、おろおろ歩き回る。

富士夫　信じられない。オレの鉄馬が……

星児　ねえ、指輪ないんだけど……（と、ズタ袋の中を見ている）

富士夫　封筒に入ってる。よく探せ。

星児　封筒か。ケースかと思った。（と、また探す）

富士夫　十年前に会ったとき、アイツは大層な勢いだった。オレは大きな会議室のあるビルで、駐車場の案内係をしてたんだけど、鉄馬がベンツで乗りつけたんだ。一瞬、オレに会いに来たのかと思ったよ。けど、もちろんそうじゃなかった。その日は大手メーカーの研修セミナーがあって、鉄馬は講師として来たんだ。オレはビルの管理室に頼み込んで、モニターでセミナーを見せてもらった。ドキドキしたよ。鉄馬がうまくやれるかってね。

シャッターの向こうに、鉄馬の姿が浮かび上がる。

鉄馬　ただ今ご紹介に与かりました、佐藤鉄馬です。本日は、経済活性化に向けた規制改革の緊急性について、三つの観点からお話ししたいと思います。まず、第一に……

富士夫　たまげたねぇ、大したもんだ。これがオレの鉄馬かい？

鉄馬　……というようなことでございますので、低迷するわが国の経済を活性化するためには、民間企業の自由な事業展開が欠かせません。そして、その妨げになっている諸々の規制については、徹底的に排除していく必要があります。特に、わが国の高い人件費は、企業の国際競争力に著しく影響し……

富士夫　いいスーツを着てるなぁ。似合ってるぞ、鉄馬！

鉄馬　で、ありますから、私は物づくりの聖域とされる「製造業」におきましても、派遣の禁止は撤廃されるべきだと考えます。

富士夫　えっ……

鉄馬　言い換えれば、製造業においてさえ、派遣で働きたいと願う人の、労働の自由を認めてあげたい。

富士夫　それはちょっとまずいんでないの？　だって製造業ってのは、

鉄馬　日本の物づくりの原点だ？

富士夫　そう。

鉄馬　派遣なんぞが入ってきたら、技術も知恵も継承されない？

富士夫　だろ？

鉄馬　ご安心ください。技術も知恵もコンピューターが継承します。今や労働者の意識も多様化しました。働き方の選択肢を拡げてこそ、雇用の機会も拡がるのです。

富士夫　……まぁいいか。オレはもう製造業じゃないんだし……

鉄馬　今、大手メーカーは、コスト削減の必要から、続々と海外に生産拠点を移しています。わが社も例外ではありません。そのために、下請けであった日本の町工場がバタバタと倒れています。私はこれをつらく思う。なぜならば、私自身、父の経営する町工場で育ったからです。

富士夫　出た……

鉄馬　私の父はすぐれた旋盤工でした。あらゆる工作機械を使いこなし、一ミリの百分の一の違いも言い当てる、物づくりの達人でした。

富士夫　そうだったとも……

鉄馬　そして今も、そのような達人として、物づくりの最前線にいるのです。

富士夫　えっ……

鉄馬　父の工場には、今も注文が殺到しています。父は休む暇もなく、「楽隠居したいのによぉ」なんて笑っています。

富士夫　おい……

鉄馬　だから、私はこうも思う。どんな状況にあっても、来るべきところに仕事は来ると。言い換えれば、自力でやっていけない企業は、淘汰されても仕方がないと。すべてはわが国の国際競争力のためです。痛みは、痛みとして受け止め、構造改革を進めましょう。

鉄馬、大きな拍手に包まれる。

鉄馬　（目を潤ませ）ありがとう！　父を誇りに思います。

鉄馬、まだ拍手の中で泣き笑いしている。

富士夫　何か違うと思ったけど、これもいいかと思えてきた。人間なんていい加減なもんだな。オレははしゃいだ気分になって、ベンツの前で待ってたんだ。おい、鉄馬！

鉄馬、振り向く。その顔は、とたんに強張る。

富士夫　モニターで見てたよ。立派になったもんだなぁ。最初に紹介されたとき、課長って呼ばれてたけど、父さんの聞き違いかな？

鉄馬　いえ……

富士夫　じゃ、課長になったのか！　三十代の前半で大手企業の課長になるとは、異例のスピード出世じゃないか。

鉄馬　かな……？

富士夫　あれ、その指輪……鉄馬、結婚したのかい？

鉄馬　一応……

富士夫　一応じゃないだろ。どうして知らせてこないんだ。お嫁さん、どんな人だい？

鉄馬　ま、どうってことない……
富士夫　そうか、そうか、女房はどうってことない方がいい。じゃあ、今度は子づくりだね。
鉄馬　できてます……
富士夫　できてる？　できてるって、ひどいじゃないか。なぜすぐそれを父さんに……
鉄馬　（素早く）父さんって言わないで。
富士夫　え？　え？
鉄馬　こんなとこで、父さんて言われると……（と、人目を気にする）
富士夫　ああ、そうか。父さん、工場にいるんだもんな……

鉄馬、走り出す。

富士夫　鉄馬、ごめんよ！　母さんの葬式にも出られなくて悪かった！
鉄馬　し～っ……

鉄馬、口に人差し指を立てながら、全力で走って消える。

富士夫　あいつが消えたあと、手に一万円札がまるまってた。たぶん、鉄馬が握らせたんだ。オレは考えまいとした。鉄馬のとった態度の意味を……その金で一杯やった。

星児　それっきり？

富士夫　ああ……

星児　そんとき、食らいついてりゃよかったのに。

富士夫　オレにだってプライドはある。この次鉄馬に会うまでに、もうちょっと何とかなりたいと思った。それが間違いのもとだったけど……

星児　ちょっとぉ、指輪ないよ、どう見ても！

富士夫　あれ、そこじゃなかったかな。じゃ、荷物を全部あけてみろ。

星児、泣きそうな顔で、富士夫の荷物を調べにかかる。

富士夫　でもまぁ、そう悪い経験じゃなかったのさ。鉄馬が成功したってことは、つまりはオレの成功だ。オレがそうなるように、育て上げてやったんだから。

星児　ねえ、責任持って探してくれよ！

富士夫　わかったわかった、アメちゃんでもなめてろ。

と、ポケットから飴を出し、作業台の上に投げる。

星児　あ〜、何て日だ！　もうやってらんないよ……（と、作業台の方に来て休む）

富士夫、自分の荷物の中を調べる。

富士夫　乱暴にやるから見つからないんだ。物ってのは人間と違って、脅しでどうにかなるもんじゃない。その代わり、とことん道理の通じる相手だ。道理にかなった手順を踏めば、必ず応えてくれるのさ。

と、星児の散らかした物を手際よく片づけながら探す。

星児　（飴をなめながら）あんた、生きる気満々だね。その荷物見て思ったよ。

富士夫　だから、そう言ったただろ。

星児　あのロープ吊ったの、あんたじゃないな。

富士夫　（急に手を止め）……鉄馬！

星児　あ、まずいこと言っちゃった……

富士夫　あんなにうまくいっていたのに、エビなんぞでつまずくとは……！

星児　頼むよ、嘆きつつ探してよ。

富士夫　探せるか！　すべての夢が崩れたのに……

と、荷物を放り出し、階段を上がる。

星児　何すんだよぉ！

富士夫　ロープを外すんだ。手伝え！

と、階段の上のがらくたを取り除こうとする。

星児　やなこった！　払うモン払えよ！

薬缶《やかん》を持った鉄馬、路地脇のドアから戻る。

鉄馬　（富士夫に）もしかしてバリケード壊してる？
富士夫　バリケードだと？　（と、鉄馬を見据える）
鉄馬　壊すなよ。誰かが上がってきたら困るだろ。
富士夫　この大馬鹿野郎！　いつまで逃げてるつもりなんだ！　小僧から聞いたぞ。お前は、
　お前は……
星児　シッ！
富士夫　経済学部を出ていながら……（と、力つきて階段に腰かけ）水をくれ。
鉄馬　（星児に）コップ。
星児　あの、どこに？
鉄馬　探せ！　（と、給湯室を指さす）
星児　……（仕方なく給湯室へ）
富士夫　ああ……オレがすべてのレールを敷いてやったのに……
鉄馬　（星児に）まだか！
星児　はい、今！

と、ハンカチでコップの汚れを拭きながら戻る。鉄馬、そのコップに薬缶から水を入れる。

鉄馬　持ってけ。

星児、仕方なくコップを富士夫に手渡す。が、ついハンカチで富士夫の口元を拭いてやったり、汗を拭ってやったり。

鉄馬　で、何を話したわけ？

星児　え〜とですね……

富士夫　お前が、エビを食わない理由だ！

鉄馬　はぁ……ラストフレンドの情報網か？

星児　すいません……

富士夫、鉄馬を睨み続ける。鉄馬、平然と無視。薬缶を置いてどっかり座る。

星児　じゃ、あの、失礼して……

と、富士夫の荷物の方へ。目立たぬように指輪を探し始める。

富士夫　父さんはな、お前が路頭に迷わないようにと、そればっかりを考えてきた。だから、工場は継がせなかった。こんな下請けの町工場なんて、親会社のゴキゲンひとつで、すぐ吹っ飛んじまうんだから。お前には、こんな道は歩かせない。そう考えて、中学から私立に、そのまま上に、ツツ〜っと上がれる、何てったか……

星児　（遠慮がちに）エスカレーター？

富士夫　そう、エスカレーターで大学まで行く、そういう私立に苦労して入れた。全部オレが調べたんだ。大手のメーカーに納品に行けば、必ず社員を捕まえて聞いた。どうやったら、ここに入れますか？　どの大学を出ればいいですか？　よく飲み屋で接待したよ。どれだけの金を使ったか。全部、こうならないためじゃないか！　それを、それを台無しにして……

鉄馬　……

富士夫　おい、鉄馬、何とか言え！

鉄馬　……

富士夫　鉄馬！
星児　あのう、寝てますけど……
富士夫　何だって？
星児　鉄馬さん、寝てます。

富士夫、もつれる足で階段から降り、鉄馬の前へ。
鉄馬は一見起きたような姿勢のまま、しかし寝ている。

富士夫　このぉ……！
星児　でも、寝不足って言ってたから……
富士夫　甘やかすな。おい、起きろ！

と、鉄馬を揺する。鉄馬、ぼんやりと目をあける。

富士夫　（にこやかに）さあ、もう一踏ん張りだ。このドリル、やってしまおう。
鉄馬　ドリル？

富士夫　算数だよ。父さんもつきあうぞ。
鉄馬　何言ってんだよ。
富士夫　あと二枚じゃないか。ここまでやるって約束したろ？　（星児に）おい、鉄馬にうどんを作ってやれ。
星児　うどん……
富士夫　エビを入れてな。エビ天、買っておいたから。（鉄馬に）大事なとこに赤線を引いといた。そこがポイントだ。よく考えろ。
鉄馬　父さん、あの……
富士夫　タケ坊が遊びに来たけど、いないって帰したよ。気にするな。お詫びに、匂いつきの消しゴムをやっといた。バナナの匂いだ。タケ坊、嬉しそうにクンクンしてたよ。
鉄馬　父さん、しっかりしてくれよ！
富士夫　タケ坊はいいヤツだけど、もう遊ばない方がいい。アイツは一生あのまんまだ。一生この界隈で、鉄粉と油にまみれて……お前はそうならないようにするんだ。

富士夫の耳に工場の音が甦る。富士夫、鉄馬から離れ、その音の中に入り込む。

富士夫　もうすぐ第二工場が建つ。そこには、最新の機械を入れる。もう熟練工が技術を競う時代じゃない。コンピューターがすべてを動かすようになるんだ。新しい家を買おう。客間にシャンデリアのあるような。お前はそこから、私立の中学校に通うんだ。ああ、鉄馬は飛び立つさ。父さんのような作業着でなく、背広を着て生きていく。幸せに、幸せになるんだ、鉄馬！

3

すでに暗い。室内には、表通りの常夜灯や、マンションの照明が漏れ込んでいる。
階段のがらくたは下に降ろされ、鉄馬がそれを壁に立てかけているところ。
二階から星児が降りてくる。

鉄馬 あった？
星児 なかったけど、ポケットに五千円ちょっと……（と、見せる）
鉄馬 今日のところはそれで勘弁してやってよ。
星児 駄目ですよぉ。これじゃ本部が納得しない。
鉄馬 探してんだから、納得させろよ。オヤジが起きたら、見つけさせるよ。
星児 そんなこと言って、逃げる気じゃないの？　元々指輪なんてなかったのかも……
鉄馬 オヤジはね、あられもなく逃げはするが、積極的に嘘はつかない。ただ、ああいう錯乱が出るぐらいだから……

星児　あの錯乱、本物かね？

鉄馬　嘘だっての？

星児　これまでも、よくボケたふりはしたんだよ。あれほどの大芝居は見たことないけど。

鉄馬　まさか、あれが……

星児　闇金の客なんて、大嘘つきばっかだよ。だから、時々勉強会が開かれる。嘘といかに闘うかってね。

鉄馬　嘘だろ嘘だろ、おい、笑わせてくれんなよ。

星児　ホントだよぉ！　心理学の先生が来てレクチャーするんだ。オレもノート持って参加したよ。

鉄馬　（笑い出し）闇金が、エセ学者と……

星児　相手の目をまっすぐ見つめて、とことん嘘を聞いてやれって。時には共感を示したりして、オレたちが、いかに「オトモダチ」かをわからせろって。信頼関係を築くんだ。

鉄馬、転げて笑う。

星児　「腎臓出せ」って凄むのは、最後の最後にしときなさいって。

鉄馬、起きあがる。

星児　じゃ、この金は預からしてもらうとして、（と、ポケットに入れ）あっちはまだあけてないな。手伝ってくれるかな？

と、カートから古びた革鞄を持ってくる。

星児　（中を覗き）わぁ、封筒ばっかじゃないか……じゃこれ、ノルマね。

と、革鞄を鉄馬の前に置き、またカートの方へ。別の荷物から指輪を探し始める。

鉄馬　……

星児、探せと身振りで催促。鉄馬、仕方なく封筒の中を覗く。そのとたん、光るものが転がり出る。星児、飛びついて拾い上げる。

鉄馬　ナット……

星児、ナットを放り投げ、また指輪を探しに戻る。

星児　それでだけど、オヤジさんが指輪はめてんの見たことある？
鉄馬　え～、あ、はい。
星児　いつ？
鉄馬　オヤジが指輪に凝り出したのは、あれは確か、第二工場ができてからで……
星児　ああ、第二工場とか言ってたな。
鉄馬　オヤジの田舎に作ったんです。その方が土地も人件費も安いから。で、もう、オヤジはそっちに行きっぱなしになっちゃって……
星児　じゃ、寂しかっただろ？
鉄馬　はい、まだ中学生だったんで……
星児　例の私立中学の？

鉄馬　はい……

星児　シャンデリアのある家から通ったって？

鉄馬　まぁ……

星児　そいじゃ指輪は見てねえじゃん。

鉄馬　見ました。ある日、オヤジに会いたくてたまらなくなって、急行列車に乗ったんです。着いたら、もう真っ暗で……

シャッターの向こうに、派手なアロハ姿の富士夫がいる。パナマ帽を小粋にかぶり、ゴルフクラブを磨いている。

鉄馬　こんばんは、父さん……

富士夫　鉄馬……何しに来た？

鉄馬　ちょっと父さんに話があって……

富士夫　早く話せ。父さんは忙しい。

鉄馬　あの、オレ……やっぱり工業高校に行きたいんだ。高校出たら、父さんと一緒に働きたい。だから、そういうふうにしてもいいかな？

富士夫　何だって？

鉄馬　母さんはいいって言ってる。父さんが許してくれるならって。

富士夫　わざわざこんなところまで、そんなことを言いに来たのか。父さんが許すわけないだろう。

鉄馬　父さん、町工場で働いたって、父さんみたいになれるじゃないか。大学なんか行かなくても、父さんみたいに成功できる。オレは機械が好きなんだよ。鉄と油の匂いも好きだ。今の学校窮屈なんだ。話の合うヤツもいないし……

富士夫　じゃあ、合わせるように努力するんだ！

富士夫、ゴルフクラブを磨いていた布で、ついでに指輪も磨き始める。

鉄馬　父さんは、ダイヤモンドを埋め込んだ、ごつい指輪を三つもはめてた。腕にもダイヤをちりばめた時計、そして、金のブレスレット。首には金のネックレス……

富士夫　安モンだよ。そう驚くことはない。

鉄馬　でも、そんなにキラキラしてたら、工場で働きにくくないの？

富士夫　父さんは社長だよ。経営に専念してる。もう鉄を削ることはないんだ。

鉄馬　えっ、もうハンドル回さないの？

富士夫　この工場の旋盤にはハンドルがついてない。ＮＣ旋盤といって、プログラミングさえできてれば、ボタンひとつで操作できる。バイトの人でも動かせるんだ。

鉄馬　でも、父さん……

富士夫　父さんの借金がどれほどのものか知ってるかい？　億という単位だよ。すべて設備投資のためだ。だから、経営に専念して、工場を回して行かなきゃならん。毎日が崖っぷちだ。鉄馬には、こんな思いはさせたくない。お前は今の学校から、大学の経済学部に進むんだ。

鉄馬　でも、父さん……

富士夫　さぁ、あっちでご飯にしなさい。秘書が案内してくれる。父さんは、明日からハワイでゴルフだ。メーカーさんとのつき合いでね。

富士夫、嬉しそうにスイングを決める。

鉄馬　父さん、意外とへっぴり腰だね。

富士夫　うるさい！　これでもコンペで優勝してる。三百ヤードも飛ばしたんだ！

富士夫の姿は消える。

鉄馬　それからの父さんは、夕方になると工場を抜け出した。ゴルフの練習場に行くんだ。適当にやれない職人気質《かたぎ》が、旋盤やめたらゴルフに出た。たまに家に帰ってきても、すぐクラブを担いで行ってしまう。ゴルフで負けると機嫌が悪くて、おっかなくて近づけなかった。あるとき、父さんはクラウンに乗ってゴルフに出かけ、キャデラックで帰ってきた。その日のコンペで負けたんで、縁起が悪いって買い換えたらしい。でも父さん、ゴルフじゃ一番になれないよ。旋盤でならなれたけど……

星児　おい、休むなよ。

鉄馬　あ、すいません。

星児　で、指輪はどうなった？

鉄馬　どんどん増える一方でした。……でも、あれはオレが就職して二、三年たった頃かな、バブルが弾けてメーカーから注文が来なくなり……

星児　借金のカタに消えたのか？

鉄馬　いや、むしろ前より指輪をはめてたな。両手に八つぐらいはめて……

星児　両手に八つ！
鉄馬　その上から軍手をはめ……
星児　何で軍手を？
鉄馬　あ、指輪で首飾りも作ってた。何個も結んでジャラジャラと。それを次から次へと首にぶら下げ、その上から汚い手拭いを巻き……
星児　あり得ねえだろ！
鉄馬　いや、確かに見た、そういう姿を。待て待て、どういう順番だったか……借金の返済のために、まず、この工場を手放しただろ。次にシャンデリアのある家を売り、とうとう第二工場も人手に渡って……
星児　普通、その段階で売るよな、指輪は。
鉄馬　だけど、そうしなかったのは……そうだ、地元の地主が借金の連帯保証人になっていて、残りはその人が払ったんだ。
星児　それって、つまり……
鉄馬　夜逃げだ！　父さんは借金を地主に押しつけて、雲隠れしちゃったんだ。はめられるだけ指輪をはめ、それを軍手ですっぽり隠すと、父さんはこう言った。じゃあ行くよ。母さんを頼む。指輪をたくさん買っといてよかった……

星児　ひでぇなぁ！
鉄馬　……ですので、指輪の一つぐらい、残っている可能性はあろうかと。
星児　ちょっと立場を離れて言うけど、見逃したってのはまずくねえか？　何つ〜の、人道的な見地からして。
鉄馬　それはもう、おっしゃるとおりで……
星児　オレだったら、オヤジをそんな卑怯者にはさせないね。身体張っても止めただろうな。
鉄馬　ただ、止めにくい事情もあったんです。オヤジの工場がつぶれたのは、メーカーが引き上げたからなんですが、ほかならぬ、そのメーカーで私は働いていたわけで。ま、ぶっちゃけ、オヤジのコネで就職できたという……
星児　おう、義理があったってわけだ。
鉄馬　それを仇で返したような……
星児　しかし、あんたら親子はやることが似てるねぇ。
鉄馬　は？
星児　退職金持ったまま、逃げちゃったヤツがいただろう。残りの借金はヨメさんの兄貴に押しつけて……
鉄馬　ああ、いましたねぇ……

星児　まぁ、これも教育かねぇ……

星児のケータイに電話が入る。

星児　（出て）はい、現場。……ええ、それはもう納得させました。意外にも純金の指輪を持ってたんで……いえ、モノはまだ見てませんが、たぶんあると……いや、必ずあると……えっ、ミッキーさんが、もう店に来てんですか？　……嘘！　……マジ？　……嘘！……マジ？　……（急に声のトーンが落ち）はい、了解です。

と、電話を切ると、改めて鉄馬に向き直り、

星児　本部からの指示で方針が変わった。もうチンタラ指輪は探してらんない。借金の返済方法を以下、三つの中から選んでもらおう。いいか、言うぞ。その一、携帯電話を差し出す。

鉄馬　えっ、ケータイを？

星児　オヤジが借金してるのに、息子がケータイを使用中とはいかがなものか、というのが本

部の見解だ。没収したケータイは本部が使い、料金はもちろんお前が払う。その額が、借金の利息とイコールになった時点で、ケータイは返される。

鉄馬　ちょっと待ってくださいよ。ケータイで派遣の仕事をとってるんです。仕事のメールが来なくなったら……

星児　その二！　お前をブローカーに売り渡す。その先は外国に移動して、腎臓の摘出、販売の道が開かれる。

鉄馬　そんな……

星児　この場合は、お前にも若干の収入があるだろう。別の選択肢としては、マグロ船に乗り、海の男になる道もある。

鉄馬　海の男……

星児　しかし、この場合は長期拘束となる。その三！（その先が思い出せず）その三は……ちょっと待て。（と、ケータイを操作、資料を呼び出そうとする）

二階から富士夫が顔を出す。

富士夫　その三は、アレじゃないかい？　ほかの闇金から借金して返させるっていう……

星児　それだ。ウチの系列外の闇金なら、まだお前らにも貸してくれるとこがあるだろう。情報戦略部に調べてもらう。
鉄馬　ケータイ、腎臓、海の男……
星児　さあ、早く選べ！　オレ的にはケータイが超おススメだ。
富士夫　でも坊や、指輪でいいって言ったじゃないか。
星児　指輪なんてねえんだろ！
富士夫　あるよ。よく寝た。今から探すよ。
星児　そんなの待ってらんないよ。本部の方針が変わったんだ。オレたち支店は本部の意向に逆らえない。店長もお気の毒だがって言ってたよ。
富士夫　でも、そのやり方は古くないかい？　近頃じゃ闇金も競争が激しくて、どんどんソフトになってるじゃないか。
鉄馬　え、そうなの？
富士夫　お前みたいにボコボコにされるのは、もう漫画の世界の話なんだよ。お客もいろいろ覚えたから、暴力系は敬遠される。坊やのとこだって、ソフト闇金に鞍替えしたろ？
鉄馬　ソフト闇金……
星児　それがまた変わったんだよ！　あんたみたいに、のさばる客が増えたから。今、店にミッキーさんて人が来てる。本部の安全保障部の方だ。オレが電話一本かけりゃ、ただちにここに駆けつけるよ。ミッキーさんは、指の骨を折る名人なんだ。関節から反対側にボキッ、バキッ、ボキッ、バキッと……

鉄馬　じゃ、ケータイを……

富士夫　コラっ、こんな脅しに乗るんじゃない！

星児　出さないと、ミッキー呼ぶぞ！

富士夫　ああ、ミッキーを呼べ。こっちも警察に電話する。

星児　馬鹿だね、お前らパクられるぞ。不法侵入やってんだからね。

富士夫　坊やと一緒にブタ箱に行くさ。

星児　坊やって言うな！

富士夫　坊主、出て行け。警察呼ぶぞ。

星児　呼べるもんなら呼んでみろ！

富士夫　そうかい、じゃ鉄馬、電話して。

鉄馬　えっ、えっ……

星児　不法侵入罪ってのはな、懲役か罰金刑だぞ！

富士夫　鉄馬、電話を！

鉄馬 でも、ミッキーさん来てないし……

富士夫 かけていい！　もう坊主が脅迫してる。

星児 坊主って言うな！

富士夫 小僧、逃げるなら今のうちだぞ。さぁ、鉄馬……

鉄馬、決心のつかぬまま電話をかけようとするが、手が震え、

鉄馬 いけね……クソっ……（またやり直す）

富士夫 落ち着け、よく見ろ！

星児 警察呼んだら、ボキバキどこじゃ済まねえだろなぁ。どっかの川に浮かぶだろうよ。

星児、いきなり飛びかかってケータイを奪おうとする。鉄馬、その拍子にケータイを落とす。素早く拾おうとする星児。鉄馬、スライディングして、ケータイを死守。そのとたん、ケータイから応答の声。鉄馬、腹這いのまま、電話に出る。

鉄馬 もしもし、あの、今ですね……

富士夫　馬鹿っ、本当にかけたのか！

　　　鉄馬と星児、そろって「えっ？」と富士夫を見る。
　　　が、星児はすぐに飛び起き、路地に面したドアの方へ。

富士夫　坊や、悪かったね！

星児　坊やって言うな！

　　　と、ドアから走り去る。

鉄馬　（星児が去るのを見ていたが、あわててケータイに）あ、すいません……火事？　火事じゃないです。救急車？　いえ、病人もまだ……

富士夫　切れ！

鉄馬　もういいです。失礼しました。（切る）

富士夫　……お前、消防署にかけたのか？

鉄馬　手が滑ったんだよ……

富士夫、階段を降りてくる。

富士夫　情けないヤツだ。こういう場合は、かける真似だけでいいんだよ。ンなこた、言わなくたってわかるだろうに。それを真に受け、しかも、消防に……（ドアに鍵をかけ）だいたいが、小僧の前であの弱腰は何だ！（鉄馬の口真似）「でも、ミッキーさん来てないし」だと？　あそこで「さん」なんてつけるんじゃない。こんなことまでイチイチ教えなきゃならんのか。呆れたね、このトシになっても、まだ子育てが終わっていなかったとは！

鉄馬　これ以上子育てするな！　それより自分を教育しろよ。誰のせいでこうなった？　どうしてすぐ忘れるんだよ！

富士夫　大声を出すな。不法侵入してんだぞ。

パトカーが、サイレンを鳴らして通り過ぎる。二人、一瞬身を縮める。

富士夫　やれやれ……ああ、バリケード、取り払ってくれたんだね。

鉄馬　小僧が手伝ってくれたんだよ。それから、父さんを二人で抱えて二階まで上げたんだ。
富士夫　そう、ご苦労だったね。
鉄馬　今頃気がついたのかよ。
富士夫　あの小僧も、そう悪いヤツじゃないんだよ。ま、あんな仕事についてたんじゃ、ロクな人生送れやせんが。
鉄馬　ロクな人生って何だ？

間。

富士夫　腹が減ったな。何か食いモンを……（と、ズボンのポケットを探る）あれ？
鉄馬　金なら小僧が持ってったよ。
富士夫　ポケットから盗んだのか？
鉄馬　指輪があるんじゃないかって、寝てる間に探してたら……
富士夫　なぜ止めない！
鉄馬　しょうがねえだろ、指輪がないんじゃ。
富士夫　小僧には、もうビタ一文払わなくていいんだ。オレが借りたのは五万円だぞ。それなのに、利子だけでもう五万以上払ってる。向こうの決まりが何だって、オレの道理じゃ払わなくていいんだ！

鉄馬　そんなのこっちは聞いてねえよ。

富士夫　だから失敗するんだお前は！　闇金てのは不当な利益を得てんだぞ。そんなルールに従うな！

鉄馬　シッ、不法侵入忘れんなよ。

富士夫　あの金で十日はつなぐつもりだったのに……

鉄馬　騒ぐなよ。指輪があんだろ。

富士夫　指輪なんてあるわけないだろ。

鉄馬　えっ、ないの？

富士夫　時間稼ぎをしてたんだ。法律が変わって、今じゃ闇金も夜九時以降は取り立てできない。明日の朝八時までは安心タイムだったのに、ンなこた言わなくたって……

鉄馬　知らねえよ、普通……

富士夫　じゃあ知っとけ、今後のために！

鉄馬　……

富士夫　何だ、その間抜けヅラは？

鉄馬　驚愕の表情だろうね。ミクロの世界を仕切った男の、なれの果てをまのあたりにして。

富士夫　フン、口ばっかり達者になりやがって……

鉄馬　じゃ、さっきの錯乱も時間稼ぎか？

富士夫　さっきの錯乱？

鉄馬　寝る前に暴れたんだよ。ドリルで勉強しろだとか、タケ坊とは遊ぶなとか。

富士夫　そんなことは言ってないぞ。

鉄馬　言ったんだよ。小僧も見た。小僧は芝居だって言ってたよ。

富士夫　じゃ、そういうことにしておけ。

鉄馬　しておけって……

富士夫　マトモでいられる方がおかしいや。こんなセガレをまのあたりにして。父さんがすべてをプログラミングしてやったのに……

鉄馬　（ケータイを見て）まだ、安心タイムになってねえぞ。ミッキー来るかもしんねえよ。

富士夫　来るか、こんな小口の客に。

鉄馬　小僧はね、利子だけで八十万だって言ってたよ。

富士夫　オレは五万しか借りてない！

間。

富士夫　今何時だ？

鉄馬　八時をちょっと過ぎたとこ。

富士夫　じゃあ、あと一時間だ。一時間たったなら……

鉄馬　小口の客には来ねんだろ？

富士夫　まぁ、用心に越したことはない。

と、割れ窓の鍵も締める。

鉄馬　そうだよなぁ、小僧もかなり怒ってたもんな。違法なビジネスやってるヤツらが、安心タイムを守るかねぇ。

富士夫　さっきから、ひどい口の利きようだね。それが親に対する態度かい。

鉄馬　アンタの子育ての成果だろうよ。

富士夫　エビなんぞでつまずきおって！

鉄馬　ああ、親の顔が見たいって言われたよ！

表通りで激しくクラクションが鳴る。二人、また身を縮める。

富士夫　ケータイ持っとけ、落とすなよ。

鉄馬、ケータイを持とうとして落とす。

富士夫　両手で持て、両手でしっかり。

鉄馬、両手でケータイを握りしめる。

富士夫　いいか、父さんが合図をしたら、すぐ警察にかけるんだ。消防にかけるなよ。

富士夫、背をかがめながら、表通りに面した窓の方へ。用心しながら外を見る。車の走り去る音。

富士夫　行ったね。普通の車だった。（と、戻りつつ）まぁ、ブースカ鳴らさんだろ、ミッキーの車なら。

鉄馬　（安堵のため息）……

富士夫、それを見て笑い出す。

鉄馬　何だよ……

富士夫　いざとなると、父さんの言うことを聞くんだな。いや、素直ないい子だった。（と、また笑う）

鉄馬　ふざけてないで、アパートに帰れよ。オレもどっかに行くからさ。

富士夫　どっかって、どこ？

鉄馬　どっかだよ。ミッキーが来なくても、オマワリが来る可能性はある。小僧が匿名でチクればさ。

富士夫　アパートには戻れんよ。トンズラしたって騒ぎになってるかもしれないし……

鉄馬　それでも、ここにいるよりマシだ。

富士夫　じゃ、お前も一緒に来い。

鉄馬　父さんのアパートに？
富士夫　どっかに行くよりいいだろう。
鉄馬　いや、どっかの方がいい。

　　　間。

富士夫　じゃあ、お前は行け。父さんはここにいる。
鉄馬　危ないよ、父さん。
富士夫　もうとっくに危ないんだ。そう思わないようにしていただけで。
鉄馬　悩ませるなよ……
富士夫　（まじまじと鉄馬を見つめ）……
鉄馬　何？
富士夫　お前、母さんそっくりになったな。前からそんなに似てたっけ？
鉄馬　今言うか、そういうことを……
富士夫　その目！　まるで母さんが生きてるみたいだ。
鉄馬　生きてんのはオレだ！

富士夫　ああ、怒るとその顔だった。いや、母さん、お久しぶり！

鉄馬　（母の真似）あら、あんた……

富士夫　おお、いいぞ……

鉄馬　どこ行ってたのさ？

富士夫　それそれ！

鉄馬　アタシが生きてた間中、ずいぶんとほっぽらかしてくれたねぇ。今になってご機嫌取りかい？

富士夫　やめろ。

鉄馬　まぁ、代弁してみました。

富士夫　いい思いもさせてやったぞ。新しい家に移ってからは、工場の仕事も手伝わなくてよくなった。母さんは、まぶしそうにシャンデリアを見上げて、こういう暮らしをするんだねぇって言ったじゃないか。

鉄馬　でも、母さんにはすぐわかった。あの町に、自分は似合ってないってことが。オシャレな建て売り住宅が並ぶ道を、母さんは身を縮めて歩いてた。

富士夫　それは、お前がそう見るからで……

鉄馬　父さんは、第二工場に行きっぱなしで、あの頃のことを知らないんだよ。母さんは、近所の人とも馴染めなかった。頑張って声をかけても、変な顔されちゃってさ。母さんのやり方が、あっちじゃ通用しなかったんだ。

富士夫　電話じゃいつも、楽しくやってるって言ったがね。

鉄馬　そう言うしかなかったんだろ。この町は合わないなんて言ったら、父さん、合わせろって怒鳴るじゃないか。家に帰るのが憂鬱だったよ。母さんは、ただ黙ってテレビを見てる。話しかけるのも気が引けて、オレも黙って二階に上がった。

富士夫　近所づきあいはあったはずだぞ。いつだったか、ひょんな用事で帰ったら、母さんは一升も飯を炊いて、せっせとおむすびを握ってた。大鍋には、肉ジャガが煮立ってて……

鉄馬　あっちの家で？

富士夫　あっちだよ。何でこんなに作るんだって聞いたら、これからご近所の寄り合いがあるって言って……

鉄馬　寄り合いなんてなかったよ。

富士夫　でも、母さんはそう言った。それから、じゃ、またねって、オレを置いてけぼりにして……

鉄馬　それ、たぶんここに来たんだ。母さん、向こうじゃ寂しいから、差し入れ持って、こっちに通うようになったんだよ。

富士夫　わざわざあんな遠くから？

鉄馬　仕事も手伝い出したんだ。前みたいに、ドリルでもみつけ作業やったり、ベンチレース加工やったり、納品にも行ったってよ。そういう日は帰ってからもゴキゲンで、源さんがこう言ったとか、ヤスさんがこうだったとか……

富士夫　はぁ、源とヤスか……

間。

鉄馬　母さんに、ここに来るなって言わなかった？

富士夫　何で言うかい？

鉄馬　源さんたちに会わせたくなかったろ？　父さんが、ここにもＮＣ旋盤やマシニングセンタを入れようとしたとき、源さんたちは、反対したよね。母さんも味方について反対した。ここは第二工場とは違う、職人の技の拠点にしておきたいって。

富士夫　まぁ、どこにもあった騒ぎさ。なまじ腕のいいヤツほど、コンピューターに偏見があって……

鉄馬　でも、結局は新しい機械が入って、源さんたちは……

富士夫　父さんがクビにしたんじゃないぞ。お前ら反対ばっかりしてないで、プログラミングを覚えろって、学校に通わせてやったんだ。そしたら、授業についてけなくて、源なんか病気になりやがった。

鉄馬　前からの人が次々辞めて、新しい人が増えたよね。そしたら、母さんも通うのをやめた。またテレビの前で、ただボーッと……

富士夫　まぁ、すべては終わったことだ。今さらどうこう言ったって……

鉄馬　それから何年かして、夜中に妙なことがあった。オレは二階にいたんだけど、何かで窓をあけたんだな。母さんが門から出て行くのが見えた。胸騒ぎがして、外に出た。母さんは、人気《ひとけ》のない、だだっ広い道をズンズンと進んでく。声をかけようとしたけど、やめた。しばらくして、あるマンションの前で立ち止まると、非常階段を昇り出した。息を殺してついて行った。一番上の踊り場で、母さんの足音は止まった。それから、たぶん、何かの音がして、オレは一気に駆け上がった。母さんは、振り向いて……ああ、星を見てたんだよって言った。それから、それから、どうしたのかな？　とにかく、二人で帰ってきた。

富士夫　星は出てたか？

鉄馬　出てたけど……
富士夫　じゃあ、星を見てたんだろ。高いところで見たかっただけで。
鉄馬　でも、母さん、裸足だった。その横に、サンダルが揃えて脱いであって……

間。

富士夫　お前、いくつだった？
鉄馬　高校の二年頃かな。
富士夫　それなら、間違いなく星だ。裸足で星を見ていただけだ。
鉄馬　サンダルは、なぜ脱いだの？
富士夫　そんな理由はいくらもある。足がムレちゃったとか、きつくて痛かったとか……
鉄馬　揃えて脱ぐか？
富士夫　冷静に考えてごらん。高校生のお前を残して、母さんが逝くはずないだろう？　気分転換したかっただけだよ。
鉄馬　その頃、父さん浮気してたろ？　第二工場の、あの秘書と。母さん、薄々勘づいてたよ。
富士夫　母さんが、そんなことでサンダル脱ぐか！

鉄馬　文房具屋の後家さんのときは、死ぬって騒いだじゃないか。
富士夫　死ななかったじゃないか。父さんがどんなだって、母さんは、お前さえいてくれれば……お前、母さんに優しかったろ？　向こうに行っても、そうだったよな？
鉄馬　ああ、別に変わってないよ。
富士夫　母さんが、テレビの前でボーッとしてても？
鉄馬　父さんみたいに、怒鳴ったりしないよ。
富士夫　馬鹿にする気は起きなかったか？　情けない状態を見て。
鉄馬　そりゃ、がっかりはしたけどさ……
富士夫　でもお前、だんだんと、母さんの格好が許せなくなったじゃないか。よく文句を言ってたな。そんな下町のおばさんスタイルで、買い物に出るなとか。
鉄馬　そんなこと言ってないよ。
富士夫　そのうちに、母さんのすべてが許せなくなってきて、みっともないから人前に出るなと……
鉄馬　言ってないって！

間。

鉄馬　今頃母さんに優しくしろだと？　指輪をジャラジャラ鳴らして逃げて、そのまま会いに来なかったくせに！

富士夫　再起をはかろうとしたんだよ。自分一人のためじゃない。それに、お前はもう晴れて就職していたし……

鉄馬　死に目にも来ず、葬式にも来ず……

富士夫　だって、知らせが……

鉄馬　どこにいるのかわかんないのに、どうやって知らせりゃいいんだ！

富士夫　いや、それは悪かったけど、母さんが、あんなに早く逝くなんて思ってもみなかった。六十過ぎてなかったろ？

鉄馬　五十七歳。

富士夫　サンダル脱いでから何年だ？

鉄馬　計算しろって？

富士夫　まぁ、いいや。

鉄馬　気になってくるじゃないか。え〜……サンダルのとき、オレは十七だろ。葬式では三十一。

富士夫　……サンダルから十四年だ。この数字をどう見るか。

間。

鉄馬　母さんなりに頑張ったんだよ。
富士夫　ああ、天寿をまっとうしたんだ。
鉄馬　葬式がね、驚いたよ。会場に人が入り切らなかったんだ。このあたりの工場の連中が、知らせないのに聞きつけて来た。商店街の人たちも。
富士夫　律儀だねぇ。
鉄馬　もちろん、ここにいたみんなも。源さん、ヤスさん、あのとき辞めてった人たちの、ほとんどが来て……
富士夫　オレに会えると思ったんじゃないか？
鉄馬　……
富士夫　だろ？
鉄馬　じゃない。
富士夫　じゃない？

鉄馬　母さん、愛されてたんだよ、みんなに。いろんな人が、母さんの世話になっていた。この工場が発展したのは、母さんの力だって言う人もいた。技術面では、もちろん父さんがリーダーだったけど、本当のリーダーは、母さんだって。

富士夫　それぐらい言うさ。葬式だしな。

鉄馬　あの頃の母さんを思い出した。夜になって、父さんが飲みに出かけると、仕事を終えた人たちが、どんどん二階に集まってくる。オレたちの住んでた小さな部屋は、すぐ人でいっぱいになった。オレも浮かれて跳ね回って……

鉄馬の耳に、工場の夜の賑わいが甦る。工員たちの笑い声。母さんと呼ぶ声。それに応える母の声。

鉄馬　みんな、母さんに会いたくて来たんだ。あの頃の母さんに。気前よく料理をふるまって、どんな愚痴にもつきあって、もうちょっと踏ん張ってみようかって気にさせる、みんなの母さんだったんだよ。

富士夫　……

鉄馬　母さんは、オレたちだけの母さんに、なりたくなかったんじゃないのかな。母さんが、母さんらしく生きられる、本当の時間はここにあった……そうだ、きっと、そのせいだ。そういう居場所を失ったから……

間。

割れ窓のガラスの隙間から、用心深く手が差し込まれる。

4

手は、窓の内鍵を外そうとして動いている。

富士夫　まぁ、すべては終わったことだ。今さらどうこう……

鉄馬　手だ……！

富士夫　え？

鉄馬　（指差し）そこ。鍵をはずそうとしてる。

二人、そっと身構える。

富士夫　電話しろ。オレがあの手を押さえとく。（と、割れ窓に忍び寄る）

鉄馬　危ないよ、オレがやる。（と、その方へ）

富士夫　お前は電話だ。

鉄馬　刃物を持ってるかもしれないから。（と、ケータイを押しつける）

富士夫　オレがかけるの？

鉄馬　早く、あっちで！

と、富士夫を押しのけ、自分が行こうとする。
その間に手は内鍵をあけ、引っ込んだ。
侵入を阻止しようと、走り寄る鉄馬。
だが、窓は荒々しくあけられ、星児が飛び込んでくる。
富士夫と鉄馬、瞬時に後退する。
が、星児はいきなり土下座する。

星児　さっきはすいませんでした。もう一度、指輪を探させてください。

富士夫と鉄馬、ポカンとしている。

星児　パトカー、呼ばなかったんですね。ずっと隠れて見てました。それなのに、疑ったりして、心から反省しています。できることなら、もう一度、オトモダチとしての信頼関係を……

富士夫　まぁ、立って……

星児　（ポケットを探り）お預かりしたお金、お返しします。どうぞ、お確かめください。（と、両手で差し出す）

富士夫　それは、いいんだ。とっといてよ。

星児　いえ、そういうわけには。

富士夫　本当にいいんだよ。

星児　そんな、とんでもございません。

と、立ち上がり、強引に富士夫の手に握らせる。

星児　それとですね……

と、割れ窓の方へ。窓の下に置いてあったコンビニの袋を持って戻ってくる。

星児　これ、つまらない物ですが。（と、差し出す）
富士夫　いや、お気遣いはありがたいが……
星児　さっきのお詫びと、お二人の再会のお祝いです。どうぞ、どうぞ、受け取ってください。
鉄馬　父さん……
富士夫　え？
鉄馬　せっかくのご厚意だから……
富士夫　ああ……じゃ。（と、受け取る）
星児　では、あの、始めてもよろしいでしょうか？
富士夫　ただねぇ……
星児　九時になったら引き上げます。それまでに、見つからなかった場合は、明日の朝、八時以降にまたということで。
富士夫　それが、そのう……
鉄馬　父さん……
富士夫　え？
鉄馬　もうすぐ九時になるんだから。

富士夫　ああ……じゃ。
星児　ありがとうございます！

と、古鞄の方へ。腕まくりして、封筒の中を探し始める。
富士夫、困惑の体で腰を下ろす。

鉄馬　でも、何で方針が変わったの？　また本部から指示が出たとか？
星児　本部の指示は、あくまでもソフトにってことで、変わってません。さっきは、つい余裕がなくなって……
鉄馬　じゃ、あの三択、嘘だったの？
星児　嘘じゃないです。創作です。
鉄馬　同じだよ！　じゃ、ミッキーもいないのか？
星児　います。いますけど、安全保障部ではなく、社員を監視する、統括という役割で……
富士夫　坊や、監視されてんのか？
星児　ここんとこ、返金の回収率が悪いんで、ちょっとマークされちゃって。今、店で待ってるんです。手ぶらで帰ったら、いよいよ研修センター送りになるっていうか……

富士夫　ああ、言ってたな。

鉄馬　研修センター？

星児　まぁ、収容所みたいなとこです。そこで研修すると、みんな頭がおかしくなっちゃうんですよ。現場に復帰できるかどうか。店長も焦りまくってて、電話の声が変なんです。連帯責任制だから、このままだと店長も研修センターに……

富士夫　坊や、逃げろよ。

星児　だって、せっかくここまで頑張ってきたのに……

鉄馬　そんな頑張りが何になる。逃げる方を勧めるなぁ。

星児　逃げる……（と、ふと手を止める）

富士夫　そんなとこ、逃げたってかまわないよ。

鉄馬　そうだよ、違法なビジネスなんだ。

星児　逃げる……

鉄馬　そりゃ、言い方悪いけど……

富士夫　新しい生き方を探すんだ。

星児、微妙に腰を浮かす。

鉄馬　そうだ、行け！

富士夫　ほら、立って！

星児、立ち上がるが、そのまま止まり、

星児　いや、この段階で逃げたらば、指輪をがめたと疑われる。そしたら、それこそ……うん、ヤバい。店長を見捨てることにもなっちゃうし。

と、また腰を下ろして探し始める。

富士夫　でも、もし指輪がなかったら？

星児　（また手を止め）あるんでしょ？　あるんですよね？

鉄馬　なかなか見つからない場合だよ。

星児　その際は、オレが一時的に立て替えて……

富士夫　立て替える？

鉄馬　そんな金あるの？
星児　借りるんですよ。今はネットで二十四時間借りられるし。
富士夫　闇金から？
星児　闇金なんか。普通のキャッシング会社じゃないと。
鉄馬　立て替えるなんて、おかしいじゃないか。
富士夫　坊や、頼む、逃げてくれ。
星児　すいません、ちょっと集中したいんで。

と、より切迫した様子で探し始める。

富士夫　あんまり乱暴にしないでくれよ。特に、メモの入った封筒は。
星児　すいませんが、急いでますんで。
富士夫　それ、大切なメモなんだ。
星児　（ますます手荒になり）でも、急いでるんですよ。
富士夫　あ、出したメモは、出した封筒に入れなきゃダメだ。ちゃんと分類されてんだからね。
星児　（ますます手荒になり）急ぐ場合、無理です。

富士夫　おい、おい……

鉄馬　悪いけど、大切なものらしいから……

星児　オレは急いでるんだよぉ！

と、大きな封筒の中身をぶちまけ、寝転がる。

星児　何でねえんだ、何でねえんだ、何で、何で、ねえんだよぉ！

と、手足をバタバタさせる。

富士夫　ああ、何てことだ……

星児、また起きあがって探し始める。

鉄馬　おい、休めよ。疲れてるよ。

富士夫　そうだ、坊や、その方がいい。

星児　坊やって言うな！
鉄馬　ほら、どけ。オレが探すから。
富士夫　探すって……
鉄馬　向こうで休めよ、限界来てんぞ。
富士夫　よし、オレもやる。坊やは向こうで……
星児　坊やって言うんじゃねえよ！

そう言ったとたんにシャックリ。星児、移動して薬缶から水を飲む。鉄馬と富士夫は、とりあえず封筒から指輪を探すフリ。

星児　……お前ら闇金を馬鹿にするけど、今、最大の成長産業なんだからな。もう八人に一人ぐらいが、借金しなくちゃ生きていけない。そういうヤツラの生活を支えてやるのが闇金だ。お前だって、そうだったろ！
富士夫　私？　はい……
星児　その年収で、どこが貸す？　オレたちは、人助けしてんだよ。それを坊やだとか、小僧だとか……オレは立派な社会人だ。お前らよか、ずっとずっと稼いでる。オレは高校中退だけど、経済学部が何だってんだ！

鉄馬　はい、それはもう……

星児　絶対店長になってやる。いろんなヤツが辞めてったけど、オレは勝ち抜いて来たんだから。店長になったら、固定給が五十万だ。店の歩合が加わるし、家賃も車もケータイも、経費で落とせるようになる。そうなんだよ、そうなんだから……

と、封筒の方へ。

富士夫　え、探すの？

鉄馬　全然休んでないじゃないか。

星児　喋るな、探せ！

と、また猛烈な勢いで探し始める。

星児　指輪、出て来い、指輪ちゃん、出て来ましょう……

富士夫　坊や、済まない。指輪はないんだ。

星児　……何てった？

富士夫　指輪はないと。もうとっくに売り払って……

星児　だって、今、マジで探して……

富士夫　マジで、言い出せなかったもので……

星児　（鉄馬に）そうなの？

鉄馬　ごめん……

星児、そのままの姿勢で固まる。

富士夫　悪かったねぇ、どうお詫びをしたものか……

鉄馬　おい、大丈夫か？

星児、跳ね起きると、ケータイをせわしく操作する。

鉄馬　何してる？

星児　ネットで借りる。早くコンビニで受け取んないと……

富士夫　いけないよ、立て替えは。
星児　あとで怒る。静かにしてろ。
富士夫　これ、これ、やめなさい。
星児　研修センター送りになったら、店長になれねえだろ！　そしたら、一生このまんまだ。オレがどこに就職できる？　この道しかねえんだよ！（と、富士夫から離れ）「お借り入れ診断」、これだ……（と、入力を始める）

鉄馬、床に転がるがらくたの中から、錆びたブリキの箱を持ってくる。中には、古い工具が見える。
鉄馬、それを床に置くと、中の物を取り出し始める。

鉄馬　ケータイやめろ。指輪の代わりになる物がある。
星児　（次々出される工具を見て）あんた、気は確か？

鉄馬、工具の下から、小さな箱を取り出す。

鉄馬　腕時計だ。持ってけ。(と、差し出す)

星児、疑わしげに受け取って、箱のフタをあける。
中には、高級ブランドの腕時計。
星児、取り出して見る。

鉄馬　認定書もついてる。本物だ。
星児　お釣り、払えないけど……
鉄馬　いらないよ。それ持ってって、闇金やめろよ。
星児　やめるかどうかは……
鉄馬　自由だよな……
星児　そんじゃ……

と、時計の箱を持ち、路地に面したドアの方へ。

鉄馬　思い出せよ。ここで見たことを。

一瞬立ち止まった星児、またドアへ向かおうとして、ぐらつき、足取りを乱す。

富士夫　気をつけてね。

星児、ドアをあけようとするが、あかない。

鉄馬　鍵かかってるぞ。

星児　知ってるよ！

星児、鍵をあけ、出て行こうとして振り返る。

富士夫　達者でな！

鉄馬　いい人生を！

星児、しばらく二人を見つめ、出て行く。

富士夫　……お前、派手なことをやってくれたな。あんな時計を隠していたとは……
鉄馬　どうせ手放すつもりだった。勝馬のために、送ろうかと……
富士夫　カツマ！　子どもはカツマってのか？　男の子だな、どんな字だ。
鉄馬　勝つ馬と書く……
富士夫　勝ち馬か……
鉄馬　今、ちょっと後悔してる。負け犬になったら、キツイだろうね。
富士夫　いや、いい名前だ。親の願いがこもった、いい名前だよ。おい、写真はないのか？
鉄馬　あるけど……
富士夫　見せろ！

鉄馬、ケータイで勝馬の写真を呼び出している。

富士夫　勝馬、佐藤勝馬、いい名前だ、大物になりそうだ。
鉄馬　もう佐藤勝馬じゃないよ。女房の苗字になってる。
富士夫　まぁ、そんなのは……いくつだい？

鉄馬　十一歳。これはちょっと前のだけど。（と、ケータイを渡す）

富士夫、受け取って勝馬を見る。

鉄馬　何か言えよ。
富士夫　（ただ見つめ）……
鉄馬　どうしたんだよ?
富士夫　（まだ見つめ）……
鉄馬　そんな、恐い顔で見るなって。
富士夫　勝馬……（と、急に声を震わせ）おじいちゃん、ひどいことしたな。父さんが、勝馬のためにとっておいた時計を……
鉄馬　もう、いいから……（と、ケータイを取り上げる）
富士夫　オレは、今日また失敗した。オレの失敗は、いったいどこまで続くんだ。生きてる限り、続くのか……

富士夫、沈黙する。

鉄馬、星児のくれたコンビニの袋を覗く。

鉄馬　父さん、飲もう。坊主が酒くれたぞ。ツマミもある。

と、作業台の上に取り出す。ワンカップの日本酒が二本と、ツマミのパックがいくつか。

鉄馬　割り箸とお手拭きもついてる。（と、さらに取り出し）あの子も気が利いてるね。

富士夫　……

鉄馬　ほら、あけるよ。（と、酒のフタをあけ）乾杯しようよ。

富士夫、作業台の前に来て、座る。

鉄馬　そう、そこが父さんの席だ。さあ……（と、酒のカップを持つ）

富士夫　（酒のカップを持ち）……

鉄馬　じゃあ、乾杯！

二人、カップをカチンと合わせ、飲む。しばらく黙って、飲み食いする。

富士夫　お前、死ぬんじゃないぞ、勝馬のためにも、生きるんだ。

鉄馬　あ、忘れてた。

と、工具棚の方へ。電池式のカンテラを取り出すと、ロープの輪にひっかけ、点灯させる。

富士夫　（見上げ）おお、いいねぇ……

鉄馬　じゃあ、今度は母さんに！　（と、カップを掲げる）

富士夫　ああ、母さんに！

二人、また乾杯。

鉄馬　父さん、仕事は何してる？

富士夫　シルバー派遣てヤツだ。自転車置き場の整理とか、たまにはビルの掃除だとか。

鉄馬　ああ、あるよねぇ。

富士夫　お前は何してる？

鉄馬　派遣で阿蘇山の水を売ってる。阿蘇山のじゃないんだけど。

富士夫　あるよなぁ……

鉄馬、急に箸を止める。

富士夫　どうした？

鉄馬　エビだ……

富士夫　食え、この際。

鉄馬、慎重に食べてみる。

富士夫　どうだ？

鉄馬　まあまあ……

富士夫　お前、何でエビに手を出した？

鉄馬　今、言うなよ！

富士夫　仕事が面白くなかったか？　それとも、誰かに追い抜かれて、焦ったか？

鉄馬　やめろよ、エビがまずくなる。

富士夫　……好きなことを、させてやればよかったな。

　　間。

　　鉄馬、星児が床に散らかしたメモ類の方を見る。

鉄馬　父さん、あのメモ捨てないんだね。もう必要ないじゃないか。

富士夫　え？

鉄馬　封筒の中のメモだよ。この素材は、どういう削り方をしたらよかったか、送りの速度や回転数は、どれぐらいだとうまくいくとか。あれ、みんなこの台で書いてたろ？

富士夫　（メモの一つを拾い上げ）このメモには世話になった。父さんは、これのお陰でコンピュータに対応できた。経験を数字で残しておいたから。機械は道具にしなきゃいかん。機械に使われるんじゃなく、機械を道具にするためには、職人の知恵が必要なんだ。これは、まぁ、そういう父さんの……

鉄馬、カップを持って階段の方へ。

富士夫　おい、この話は長いんだぞ。

鉄馬　こっちで聞くよ。

鉄馬、階段を上がって腰かける。

鉄馬　いつも、ここから父さんを見てた。こうやって、手摺りにほっぺたくっつけて。（と、やってみる）

富士夫　そうだったっけ？

鉄馬　そうだったよ。

富士夫　おい、今やるなよ。

鉄馬　今、やりたくなったんだよ。

鉄馬、階段から父を見る。

富士夫、作業台から息子を見る。

幕

初出／「悲劇喜劇」二〇一三年三月号（早川書房）
再演にあたり、若干の修正を加えました。

■上演記録（初演）　二兎社第三十七回公演

二〇二二年十月二六日(金)～十一月七日(水)　世田谷パブリックシアター

■スタッフ

作・演出　永井　愛
美術　大田　創
照明　中川　隆一
音響　市来邦比古
衣裳　竹原　典子
ヘアメイク　清水　美穂
舞台監督　澁谷　壽久
舞台監督助手　竹内　章子
〃　宇野　圭一
〃　網倉　直樹

プロンプター　池内　風
照明オペレーター　吉田　裕美
音響オペレーター　佐藤　尚子
衣裳助手　馬渕　紀子
演出助手　鈴木　修
票券　渡邊　妙子
制作　安藤　ゆか
〃　金澤麻紀子

共同制作　富士見市民文化会館キラリ☆ふじみ　パティオ池鯉鮒（知立市文化会館）
豊橋市民文化会館　盛岡市文化振興事業団（盛岡劇場）　北九州芸術劇場
提携　公益財団法人せたがや文化財団　世田谷パブリックシアター

■キャスト

佐藤鉄馬――――佐々木蔵之介
山田星児――――溝端淳平
佐藤富士夫――――平幹二朗

■上演記録（再演）　二兎社第四十八回公演

二〇二四年十二月六日(金)～二六日(木)　俳優座劇場（六本木）

■スタッフ

作・演出　永井　愛
美術　大田　創
照明　中川　隆一
音響　市来邦比古
衣裳　竹原　典子
ヘアメイク　清水　美穂
演出助手　池内　風
舞台監督　大刀　佑介
舞台監督助手　満安　孝一
〃　松嶋　柚子
〃　宮腰　慧
〃　北村　太一
プロンプター　上田　悠介
照明オペレーター　吉田　裕美
音響オペレーター　堤　裕吏衣
衣裳助手　田辺　雪枝
〃　中舘　早紀
票券　熊谷　由子
制作助手　横井　佑輔
〃　中舘　早紀
制作　安藤　ゆか
〃　白坂恵都子
〃　持田　有美

■キャスト

佐藤鉄馬――萩原聖人
山田星児――竪山隼太
佐藤富士夫――風間杜夫

あとがき

二〇一〇年にこの作品を構想していたとき、設定はだいぶ違っていた。舞台は豪邸の居間、父は大手メーカーの会長職、その息子は十数年にわたる引きこもり、そこに、何かの修理を頼まれた若者が来て一夜滞在することになる。

ただの思いつきで、深い考えがあったわけではないが、世代も価値観も違う三人が同じ時間を過ごすことで「何かしらの現在」が見えてくればと甘い見通しを立てていた。

その構想を深める間もないうちに年が明け、三月十一日の大震災を迎えてしまった。私は被災者ではなかったが、この日を境に世界の色が違って見えた。とりわけ原発事故をめぐっては、「本当のことが伝えられない」この国の仕組みが刻々と露わになり、ただうろたえるだけの自分にまたうろたえた。「未来」という言葉が使いにくくなった。

新作の設定は当然変えねばならなかった。舞台は廃墟となった町工場、経済至上主義で突っ走ったこの国を支え、見捨てられた残骸だ。男たちはその時々の経済事情の申し子で……と、作品はここから再出発した。

町工場の取材先は、劇団青年座の紫雲幸一さんにご紹介いただいた。「屈指の旋盤職人」として知られる岩井製作所の岩井仁《まこと》さんからは、機械の移り変わりや町工場の盛衰、経営者の人物像など実に面白いお話を伺った。それが「富士夫」の血肉となった。

スズキ部品工業の鈴木ミチ子さん、三男の知道さんから伺った話も忘れがたい。特に、三人の子育てをしながら工場でも働き、夜には続々集まる工場仲間に食事までふるまったミチ子さんの、寝る間もない働きっぷりや大らかな語り口に触れてから、この作品の「母さん」像はイキイキと動き出した。

二〇一二年の初演から十二年、当時うろたえたことは何ら解決しないままに、私自身がそのことに慣れた。慣れてはいけないことを思い出すために芝居を続けているのかもしれない。

本作は富士見市民文化会館キラリ☆ふじみほか四館の公立劇場との共同制作で初演された。そのまとめ役となってくださった松井憲太郎さん、企画にご協力いただいた初演の鉄馬役、佐々木蔵之介さん、力の限りを尽くしてくださった初演の座組の皆さん、本当にありがとうございました。

そして今、共に再演を共に迎えようとしている出演者、スタッフの皆さん、どうぞよろしく。楽しみましょうね！

二〇二四年十一月　　　　再演を前に　永井　愛

［著者略歴］

永井 愛（ながい・あい）

1951 年 東京生まれ。桐朋学園大学短期大学部演劇専攻科卒。
1981 年 大石静と劇団二兎社を旗揚げ。1991 年より二兎社主宰。
第 31 回紀伊國屋演劇賞個人賞、第 1 回鶴屋南北戯曲賞、第 44 回岸田國士戯曲賞、第 52 回読売文学賞、第 1 回朝日舞台芸術賞「秋元松代賞」、第 65 回芸術選奨文部科学大臣賞、第 60 回毎日芸術賞などを受賞。
主な作品
「時の物置」「パパのデモクラシー」「僕の東京日記」「見よ、飛行機の高く飛べるを」「ら抜きの殺意」「兄帰る」「萩家の三姉妹」「日暮町風土記」「こんにちは、母さん」「新・明暗」「パートタイマー・秋子」「歌わせたい男たち」「片づけたい女たち」「鷗外の怪談」「書く女」「ザ・空気」「ザ・空気 ver.2 誰も書いてはならぬ」「ザ・空気 ver.3 そして彼は去った…」「私たちは何も知らない」

こんばんは、父《とう》さん

2024 年 12 月 20 日　初版第 1 刷発行

著 者　永井 愛
発行所　有限会社 而立書房
東京都千代田区神田猿楽町 2 丁目 4 番 2 号
電話 03（3291）5589 ／ FAX 03（3292）8782
URL http://jiritsushobo.co.jp
印刷・製本　中央精版印刷 株式会社

落丁・乱丁本はおとりかえいたします。

ISBN 978-4-88059-444-6　C0074
装幀・瀬古泰加

永井 愛

2002 4.125 刊
四六判上製
192 頁
本体 1700 円（税別）
ISBN978-4-88059-440-8 C0074

パートタイマー・秋子

夫が失業し、スーパーでパートを始めたセレブな主婦・秋子。しかしそこは不正の横行するディストピア。世間知らずで他のスタッフから浮いてしまう秋子は、大手企業をリストラされ、屈辱に耐えながら働く貫井と心を通わせるようになるが…。

永井 愛

2021.11.25 刊
四六判上製
160 頁
本体 1500 円（税別）
ISBN978-4-88059-431-6 C0074

鷗外の怪談

社会主義者への弾圧が強まる明治時代。森鷗外は、陸軍軍医エリートでありながら、言論弾圧に反対する文学者という相反するふたつの顔をもっていた。その真意はどこにあったのか……。さまざまな顔をもつ人間・鷗外を浮き上がらせる歴史文学劇！

永井 愛

2021.3.10 刊
四六判上製
112 頁
本体 1500 円（税別）
ISBN978-4-88059-426-2 C0074

ザ・空気 ver. 3　そして彼は去った…

政権べったりなことで知られる政治コメンテーターの横松輝夫。訪れた放送局の控室が新聞記者時代の後輩・桜木の自死した現場と知るや取り乱し、擁護すべき政権のスキャンダルを暴露しはじめる!!「メディアをめぐる空気」シリーズ完結編！

永井 愛

2019.12.10 刊
四六判上製
112 頁
本体 1400 円（税別）
ISBN978-4-88059-417-0 C0074

ザ・空気 ver. 2　誰も書いてはならぬ

舞台は国会記者会館。国会議事堂、総理大臣官邸、内閣府などを一望できるこのビルの屋上に、フリージャーナリストが潜入する。彼女が偶然見聞きした、驚くべき事件とは…。第 26 回読売演劇大賞選考委員特別賞・優秀男優賞・優秀演出家賞受賞作。

永井 愛

2018.7.25 刊
四六判上製
120 頁
本体 1400 円（税別）
ISBN978-4-88059-408-8 C0074

ザ・空気

人気報道番組の放送数時間前、特集内容について突然の変更を命じられ、現場は大混乱。編集長の今森やキャスターの来宮は抵抗するが、局内の"空気"は徐々に変わっていき……。第 25 回読売演劇大賞最優秀演出家賞、同優秀作品賞・優秀女優賞受賞作。

永井 愛

2016.1.25 刊
四六判上製
160 頁
本体 1500 円（税別）
ISBN978-4-88059-391-3 C0074

書く女

わずか 24 年の生涯で『たけくらべ』『にごりえ』などの名作を残し、日本女性初の職業作家となった樋口一葉。彼女が綴った日記をもとに、恋心や人びととの交流、貧しい生活を乗り越え、作家として自立するまでを描いた戯曲作品。